CONTRE-RÉFUTATION

DE LA

GRAMMAIRE

DE MM. NOËL ET CHAPSAL.

LAON. — VARLET-BERLEUX ET F. BOUQUET, IMP.

Rue Sérurier, 22.

CONTRE-RÉFUTATION

DE LA

GRAMMAIRE

DE MM. NOËL ET CHAPSAL,

OU

EXAMEN CRITIQUE ET IMPARTIAL

DE CETTE GRAMMAIRE,

ET DE LA RÉFUTATION QUI EN A ÉTÉ FAITE

Par MM. Ch. Martin, Bescherelle aîné et Edouard Braconnier;

OUVRAGE

ENTREPRIS DANS LE BUT DE FAIRE FAIRE UN PAS A LA SCIENCE,

ET D'ÊTRE UTILE A TOUS LES INSTITUTEURS

ET A TOUTES LES INSTITUTRICES DE FRANCE;

Par un ami de la vérité.

Jamais production ne prit un tel essor,
Chacun se l'arrachait, ou se l'arrache encor :
Pour livre dangereux partout on le renomme,
Et pourtant nous savons que *Chapsal* est bonhomme.

(Palissot.)

PARIS.

DELLOYE, LIBRAIRE-EDITEUR,

Rue des Filles-Saint-Thomas, place de la Bourse, 13,

ET CHEZ TOUS LES LIBRAIRES QUI TIENNENT LES NOUVAUTÉS.

1838.

PRÉFACE.

Après les attaques violentes et réitérées dont la Grammaire-Chapsal (1) a été l'objet dans l'*Écho des Écoles primaires*, dans l'*Instituteur* de Dupont, dans le *Moniteur* de Delloye, dans le *Journal de la langue française*, dans les *Étrennes grammaticales* et dans une foule d'autres publications, il était facile de prévoir qu'il ne se passerait pas beaucoup de temps sans qu'on vît apparaître une réfutation en règle de cette Grammaire. MM. Ch. Martin, Bescherelle aîné et Edouard Braconnier se sont chargés de cette tâche difficile, et la réputation de ces savants grammairiens est telle, que maîtres et disciples, en un mot tous ceux qui s'occupent de l'enseignement et de l'étude de notre langue, se sont empressés de se procurer leur ouvrage. Comme tout le monde, nous n'avons pu nous défendre d'un certain mouvement de curiosité; nous éprouvions un vif désir de voir comment ces auteurs justifieraient le titre qu'ils avaient pris. L'examen de leur travail, nous devons le dire, nous a convaincus que ce n'était point du tout un leurre tendu à la bonne foi du

(1) Nous disons Grammaire-Chapsal, parce que tout le monde sait que M. Noël, auteur d'une foule de compilations qui ont plus contribué à sa fortune qu'à sa réputation, n'est pour rien dans cet ouvrage.

vj

public, ainsi qu'on serait tenté de le croire au premier abord. C'est en effet une belle et bonne réfutation qu'ils nous ont donnée, et l'on doit leur savoir gré d'avoir eu le courage de l'entreprendre ; car certes il en fallait pour oser attaquer de front un ouvrage depuis long-temps *en possession des établissements d'instruction publique,* comme dirait M. Peigné, le rafistoleur de perruques universitaires (1).

Mais tout en rendant justice au mérite du livre de MM. Ch. Martin, Bescherelle aîné et Edouard Braconnier ; tout en reconnaissant la justesse de la plupart de leurs critiques, nous avons vu avec regret qu'au lieu de publier une réfutation vraiment *complète* de la Grammaire - Chapsal, ils s'étaient bornés presque uniquement à relever les fautes de la deuxième partie qui a pour objet la Syntaxe.

Cette lacune nous a paru extrêmement grave : aussi avons-nous cru devoir la combler sans retard dans l'intérêt de la science comme dans celui de la vérité. En effet, il nous a semblé qu'un grand nombre de personnes seraient portées à penser que la partie purement élémentaire du livre de

(1) M. Peigné, qui avait déjà réussi à se faire couronner par nous ne savons plus quelle société, pour avoir exhumé un traité de lecture de Butet de la Sarthe, a pris goût à la chose, et s'est imaginé de rhabiller à neuf ce pauvre Lhomond. Mais cette fois, il n'a pas été aussi heureux, et le Lhomond-Peigné ou le Peigné-Lhomond ne se trouvera bientôt plus que dans l'établissement des Vespasiennes.

M. Chapsal était irréprochable, par cela seul que
les auteurs de la réfutation n'en avaient pas parlé.
Et Dieu sait s'il en est ainsi ! De combien d'observations fausses, de remarques ridicules, de bévues,
de contradictions manifestes, d'imperfections de
tout genre n'est point farcie cette partie, la plus
importante pourtantde la Grammaire, puisqu'elle
embrasse toutes les définitions des éléments du
langage !

Armés du flambeau de la logique et de la raison,
nous allons mettre à nu les mille et une plaies de
M. Chapsal, et nous espérons faire revenir le public de l'engouement dont il s'est pris pour un
ouvrage qui mérite si peu sa faveur, bien que le
Conseil-royal de l'Instruction publique l'ait honoré
de son suffrage, en le mettant au nombre des
livres classiques.

A cette réfutation nouvelle, nous joindrons quelques observations sur les critiques de MM Ch. Martin, Bescherelle aîné et Édouard Braconnier, ajou-
tant là où ils auront commis quelque omission,
retranchant là où ils se sont trop avancés, et com-
plétant partout où l'occasion s'en présentera. Il est
important que l'on sache à quoi s'en tenir sur leur
travail aussi bien que sur celui de M. Chapsal.

Il ne faut donc pas s'y tromper Notre intention
n'est point du tout de défendre ni de préconiser
la Grammaire-Chapsal. Cette tâche serait impossible, et personne, à moins d'être fou ou de mau-

vaise foi, ne peut se faire l'apologiste du men-
songe et de l'erreur. Notre unique but est de faire
voir que la Réfutation qu'on en a publiée, est in-
complète, et qu'elle a laissé subsister une foule
de définitions fausses et d'observations inexactes.

Notre plus grande récompense serait de faire
faire un pas à la science, et d'être utile aux nom-
breux amateurs de notre belle langue.

N. B. Cet examen est fait sur la trente-et-unième édition de la Grammaire-Chapsal. Mais il peut servir pour les éditions précédentes, qui, à
trois ou quatre mots près, diffèrent très-peu de la dernière, annoncée
pourtant comme ayant été *revue avec soin*.

CONTRE-RÉFUTATION

DE LA

GRAMMAIRE

DE MM. NOËL ET CHAPSAL.

Avant de faire voir combien il reste encore à glaner après la critique de MM. Ch. Martin, Bescherelle aîné et Edouard Braconnier, nous croyons utile de jeter un coup-d'œil rapide sur la préface de MM. Noël et Chapsal, ne fût-ce que pour prouver que nous l'avons lue. Or, voici ce que renferme le deuxième alinéa :

« On avait bien essayé déjà de coordonner, sans excéder » les bornes d'un livre élémentaire, les préceptes et leur » application ; mais avant MM. *Noël* et *Chapsal*, personne » n'avait eu l'idée d'en faire spécialement la base d'un ou- » vrage sur l'enseignement de la langue française. »

En lisant ce passage, qui ne serait tenté de croire, comme nous, que c'est l'éditeur qui parle ainsi? Eh bien, pas du tout! Ce sont MM. Noël et Chapsal eux-mêmes qui tiennent un pareil langage. Et notez encore que, pour mieux faire ressortir leurs noms, ces messieurs ont eu la précaution de les faire mettre en italique. On ne peut donc pas dire d'eux :

> Un auteur *à genoux* dans une *humble* préface,
> Au lecteur qu'il ennuie a beau demander *grâce,* etc.

car ils ne sont ni humbles ni modestes, et ne demandent grâce en aucune façon des erreurs qu'ils nous présentent comme des vérités. Voilà pour la forme ; passons actuellement au fond. MM. Noël et Chapsal font sonner bien haut l'heureuse idée qu'ils ont eue de *coordonner, sans excéder les bornes d'un livre élémentaire, les préceptes et leur ap-plication.* Eh ! mon Dieu, cette idée, d'où leur est-elle venue? où l'ont-ils prise? qui la leur a suggérée? Vous qui voulez le savoir, relisez la *Grammaire des Grammaires* de Girault-Duvivier, et vous verrez que MM. Noël et Chapsal n'ont eu que la peine de copier cet ouvrage, en élaguant tout ce qui aurait pu *dépasser les bornes d'un livre élémentaire*, c'est-à-dire qu'ils n'en ont fait que l'abrégé. Après cela que penser de leur jactance?

Quelques lignes plus bas, MM. Noël et Chapsal nous disent qu'ils se sont proposé « *de donner des définitions plus* » *claires, plus précises; de présenter les règles sous un nou-* » *veau jour; d'expliquer la raison des choses*, etc., etc. »

L'*Echo des Ecoles primaires*, les *Etrennes grammaticales* et la *Réfutation* nous ont appris à quoi nous en tenir sur toutes ces belles promesses.

Mais le passage le plus curieux de cette préface, c'est celui où MM. Noël et Chapsal nous avouent avec une ingénuité remarquable, que « *voués par état à l'enseignement, ils* » *ont eu plus d'une fois occasion de reconnaître, soit dans* » *les écrits de leurs devanciers, soit dans une longue expé-* » *rience, les imperfections des méthodes.* » Il est singulier, en effet, que MM. Noël et Chapsal ne se soient jamais aperçus de l'imperfection de leur méthode. Comment leur *longue expérience* a-t-elle pu leur faire défaut à ce point? On voit une paille dans l'œil de son voisin......, vous connaissez le proverbe.

INTRODUCTION.

Tout-à-l'heure, vous l'avez vu, MM. Noël et Chapsal nous promettaient des définitions bien claires, bien précises. Eh bien, en voici des échantillons !

Voulez-vous savoir comment on s'y prend pour parler et pour écrire ? MM. Noël et Chapsal vous répondront « *qu'on* « *se sert de* MOTS. » Naturellement, après cela, vous désirerez savoir ce qu'on entend par *mots*. Alors on vous dira que « *les mots sont composés de* LETTRES. » Et les *lettres ?* répliquerez-vous. Là-dessus on vous apprendra qu'il y en a de deux sortes : les *voyelles* et les *consonnes*. Et si vous n'êtes pas content de définitions aussi claires, aussi précises, ma foi, vous êtes bien difficile !

Comment les auteurs de la *Réfutation* n'ont-ils pas attaqué ce début si drôle, si amusant ? Comment n'ont-ils pas daigné accorder seulement un *memento* à ces jolies petites définitions où le dernier mot de la phrase est repris dans la phrase suivante pour en composer à son tour une nouvelle qui n'en dira pas davantage ! Espérons que, dans une nouvelle édition, MM. Noël et Chapsal auront soin de nous dire d'abord ce que c'est que *parler* et *écrire ;* ensuite ce qu'on doit entendre par *mots* et par *lettres*.

A l'exemple de la plupart des grammairiens, MM. Noël et Chapsal comptent dix espèces de mots dans la langue française. C'est à tort, selon nous, qu'ils y font figurer les *interjections*, car les interjections forment à elles seules un langage *affectif* indépendant de toute loi de syntaxe; elles s'intercalent dans le discours sans en faire partie; elles n'expriment pas des idées; ce ne sont pas réellement des mots, mais des cris qui précèdent la réflexion.

PREMIÈRE PARTIE.

CHAPITRE Ier.

DU SUBSTANTIF.

Nota. *Les chiffres entre parenthèses indiquent la page et le numéro d'ordre de la Grammaire-Chapsal (trente-et-unième édition).*

(Page 5, n° 20.) « Le substantif représente un être ou un
» objet quelconque, soit qu'il existe dans la nature, soit qu'il
» n'ait d'existence que dans notre imagination, comme *espé-*
» *rance, vertu, bonheur,* etc.

Nous ne concevons pas pourquoi les auteurs de la *Réfu-*
tation n'ont pas attaqué cette définition impie qui dit que
la *vertu,* l'*espérance,* etc., n'existent que dans notre imagination, et ne sont pas dans la nature! Et voilà pourtant les
livres que le Conseil-royal de l'instruction publique honore de
son suffrage, et que les inspecteurs intéressés contraignent
illégalement, et par inquisition, tous nos instituteurs à
mettre entre les mains de leurs élèves!

(Page 5, n° 29.) « Le genre est la propriété qu'ont les
» *substantifs* de représenter la *distinction* des sexes. »

Dans leur Dictionnaire, MM. Noël et Chapsal sont un peu
plus concis; ils retranchent le mot *distinction,* et disent
tout simplement : *de représenter les sexes.* Nous avons sou-
ligné à dessein le mot *substantifs,* car dans leur Dictionnaire,
MM. Noël et Chapsal ne disent pas que ce sont seulement les
substantifs qui ont la propriété de représenter les sexes,
mais les *mots;* ce qui nous semble également inexact. En

effet, cette distinction du genre ne s'étend pas à tous les mots en général ; les verbes, les adverbes, les prépositions, les conjonctions et les interjections, en sont privés. D'un autre côté, il n'y a pas que les *substantifs* qui y soient soumis ; les pronoms, les adjectifs en sont également passibles. Nous en conclurons donc que MM. Noël et Chapsal n'ont pas été plus heureux dans leur Grammaire que dans leur Dictionnaire, et que les définitions du *genre* qu'ils donnent dans ces deux ouvrages, quoique différentes dans la forme, n'en sont pas meilleures quant au fond.

(*Ibidem.*) « Les substantifs représentant des êtres ina- » nimés ne devraient point avoir de genre ; cependant l'usage » leur a assigné, mais *arbitrairement*, l'un ET l'autre genre. »

Nous en demandons bien pardon à MM. Noël et Chapsal, mais l'emploi de la conjonction *et* nous semble ici vicieux. Ce n'est pas *et* qu'il faut ; mais *ou*. Tous les substantifs re-présentant des êtres inanimés ne sont pas des deux genres ; ils n'en ont *ordinairement* qu'un, ainsi que le disent eux-mêmes MM. Noël et Chapsal au n° 327 de leur Grammaire. Ils sont presque tous ou masculins, comme *soleil, château, pays*, ou féminins, comme *lune, maison, ville.* Il n'y en a qu'un très-petit nombre qui adoptent les deux genres. Cette contradiction choquante disparaîtra sans doute dans une prochaine édition.

Est-ce bien en effet *arbitrairement*, comme l'avancent MM. Noël et Chapsal, que l'usage a assigné l'un ou l'autre genre aux noms qui représentent les êtres inanimés ? Nous ne sommes pas tout-à-fait de cet avis, et nous pensons que l'homme, frappé de certaines analogies entre les attributs des différents sexes, et les propriétés particulières des corps inanimés, a dû faire passer dans son langage cette compa-raison de son esprit. L'attribution du genre aux êtres dé-pourvus de sexe fut, selon nous, une véritable métaphore. D'ailleurs, nous engageons ceux de nos lecteurs qui seraient

curieux de connaître la solution de cet immense et magni-
fique problème, à lire ou plutôt à méditer profondément le
bel ouvrage qu'un des auteurs de la *Réfutation*, M. Edouard
Braconnier, a publié sous le titre de *Théorie du genre des
noms* (1).

(Page 5, n° 30). « Le *nombre* est la propriété qu'ont les
» substantifs de représenter l'unité ou la pluralité. »

Voilà ce que dit la grammaire de MM. Noël et Chapsal ;
mais, si nous ouvrons leur dictionnaire, nous y trouvons
une tout autre définition. Nous croyons devoir la rapporter :
NOMBRE, *terme de grammaire*, TERMINAISON *qui ajoute à
l'idée principale du mot, l'idée accessoire de la quantité*.
Or, nous le demanderons, pourquoi deux définitions, lorsqu'une seule pourrait suffire? S'il nous est permis de faire
ici un choix, nous dirons que nous préférons de beaucoup
cette dernière définition, car la première ne signifie pas
grand'chose. En effet, comment les substantifs ont-ils la
propriété de représenter l'unité ou la pluralité? qu'est-ce
que l'unité? qu'est-ce que la pluralité? voilà autant de ques-
tions auxquelles cette définition ne répond en aucune manière. Nous croyons qu'il serait plus simple de dire que *le
nombre représente l'unité ou la pluralité*, en expliquant
toutefois ce qu'on doit entendre par ces derniers mots. En
s'en tenant à la définition de MM. Noël et Chapsal, on serait
porté à croire qu'il n'y a que les substanifs qui soient sus-
ceptibles du nombre. Or, tout le monde sait que les adjectifs, les pronoms et les verbes reçoivent aussi cette modi-
fication.

______

(1). M. Taillefer, Inspecteur de l'Académie de Paris, dans son rapport au Conseil-royal de l'instruction publique, a signalé la *Théorie du
genre*, non-seulement comme une œuvre rare sousle rapport du style ;
mais encore comme un des plus beaux ouvrages qui aient paru depuis
long-temps en littérature et en grammaire.

(8)

(Page 5, n° 31). « *Humanité* ne s'emploie qu'au singulier. ».

Faites excuse, *humanités* se dit au pluriel, lorsqu'on veut parler de ce qu'on apprend dans les collèges jusqu'à la philosophie exclusivement : *achever ses humanités*. Vous le dites vous-même dans votre dictionnaire.

MM. Noël et Chapsal disent que *pleurs* et *ancêtres* ne s'emploient jamais au singulier. Cependant Bossuet a dit dans l'oraison funèbre d'Anne de Gonzague : *Là, commencera ce pleur éternel ; là, ce grincement de dents qui n'aura jamais de fin*. Et Victor Hugo :

> Combien vivent joyeux qui devaient, sœurs ou frères,
> Faire un *pleur* éternel de quelques ombres chères!

Le singulier donne à l'expression une énergie prodigieuse. Aussi y a-t-il fort peu d'écrivains qui aient osé imiter cette expression, tant elle a de hardiesse et de force !

Quant au mot *ancêtres*, Fénelon l'a employé au singulier *(Entrée aux enfers)*. Rivarol s'en est également servi au même nombre : *nous ne disons rien de cet* ANCÊTRE *de la littérature moderne : la probité de ses vers et l'honnêteté de sa prose sont connues* (Almanach des grands hommes).

(Page 6, n° 33). « Les substantifs terminés au singulier par » *al*, qui changent au pluriel cette finale en *aux* ; un *cheval*, » des *chevaux* ; un *hôpital*, des *hôpitaux*. Excepté *bal*, *car-* » *naval*, *régal*, qui font *bals*, *carnavals*, *régals*. »

D'après cette règle, *chacal*, *caracal*, *narval*, *serval*, *cal*, *nopal*, *pal*, *cérémonial*, *sandal*, *pipal*, devraient faire *chacaux*, *caracaux*, *narvaux*, *servaux*, etc. Nous renvoyons MM. Noël et Chapsal à leur dictionnaire ; ils y verront que *chacal*, *caracal*, etc., font au pluriel *chacals*, *caracals*.

(Ibidem). « Les substantifs en *ail* font leur pluriel par « l'addition d'une *s*, et non pas en *aux*. »

Cette rédaction n'est pas très-correcte ; selon nous, il faudrait dire : les substantifs en *ail* font leur pluriel par l'addition d'une *s*; et non par le changement d'*ail* en *aux*.

(Page 7.) « REMARQUE: Les substantifs terminés par *ant*
» et par *ent* conservent ou perdent le *t* au pluriel. L'usage
» permet d'écrire également : des *diamants*, des *enfants*,
» ou des *diamans*, des *enfans* : excepté pour les substan-
» tifs qui n'ont qu'une syllabe, dans lesquels la suppression
du *t* n'a jamais lieu. »

Voilà un *pour* diablement suspect, et MM. Noël et Chapsal seraient fort embarrassés de dire à quoi il sert. Nous pensons qu'au lieu de *pour* il faudrait *tous*, si l'on tient absolument à avoir le même nombre de mots.

Nous ferons remarquer que la suppression du *t* a lieu dans
tous, quoique ce mot ne soit que d'une syllabe.

CHAPITRE II.

—

DE L'ARTICLE.

(Page 7, n° 34.) « Nous n'avons en français qu'un article, qui est *le*. »

C'est précisément parce que nous n'avons qu'un article, qu'il est ridicule d'en faire une espèce de mots particulière; car prendre un mot unique dans les langues pour en faire une partie du discours, c'est admettre une division inutile, et que rien ne justifie. Ce mot à d'ailleurs une analogie si frappante avec les adjectifs déterminatifs, qu'il est beaucoup plus rationnel de le ranger dans cette classe.

- (Page 7, n° 34). « Mais, disent MM. Noël et Chapsal, l'adjectif
» déterminatif diffère de l'article, en ce que celui-ci se borne
» à indiquer que le *substantif commun* est pris dans un sens
» déterminé, au lieu que l'adjectif déterminatif le détermine
» par lui-même. Dans cette phrase : *le livre dont vous par-
» lez est intéressant*, la signification du mot *livre* est déter-
» minée par *dont vous parlez;* ôtez ce membre de phrase,
» on ne sait plus de quel livre je veux parler, et il n'y a plus
» de sens. Dans celle-ci, au contraire : *ce livre est inté-
» ressant*, le sens du substantif *livre* est déterminé par *ce;*
» à l'aide de ce mot, mon esprit envisage un livre particu-
» lier, un livre que l'on montre, sans qu'il soit nécessaire
» d'ajouter autre chose pour opérer cette détermination. »

Ces raisonnements nous paraissent passablement faux.

Dans la phrase suivante : *ce livre est intéressant, ce* ne détermine nullement par lui-même le mot *livre*. Si MM. Noël et Chapsal avaient un peu plus réfléchi sur la

nature de ce mot, ils auraient vu que *ce* ne peut déterminer
le nom qu'avec le secours d'une proposition le plus souvent
sous-entendue. En effet, quand vous dites : *ce livre*, vous
croyez si peu que *ce* renferme toute la détermination que
vous entendez donner au mot *livre*, que vous vous empres-
sez d'indiquer par un geste de quel livre vous voulez parler.
Or, ce geste peut être considéré comme une expression du
langage d'action, équivalente à une des propositions *que je
vous montre, que vous voyez, etc.* Et c'est précisément
cette proposition qui complète la détermination qui n'est
qu'annoncée par le mot *ce. Ce livre est interessant*, équi-
valant à *ce livre* QUE JE VOUS MONTRE *est intéressant*, il en ré-
sulte que *ce* sert à déterminer le mot *livre*, non par lui-même,
mais à l'aide de la proposition *que je vous montre* sous-entendue. Pour mieux faire sentir tout le vide de la distinction
établie entre *ce* et *le* par MM. Noël et Chapsal, il nous suf-
fira de rapprocher les deux phrases suivantes :

Le livre *dont vous parlez* est intéressant.

Ce cheval *que vous voyez là* est à moi.

Quelle différence, en effet, est-il permis d'apercevoir entre
le et *ce ? Le* ne détermine-t-il pas *livre* avec le concours de
la proposition *dont vous parlez*, tout comme *ce* détermine
cheval au moyen de la proposition *que vous voyez là ?* Il en
serait absolument de même si, après avoir parlé de tel ou tel
livre, de tel ou tel cheval, on disait :

Le livre est intéressant.

Ce cheval est à moi.

Le et *ce* détermineraient encore ici les mots *livre* et *cheval* avec le secours de la proposition sous-entendue, *dont je
parle*, ou toute autre semblable.

(Page 8, n° 41). « L'élision de l'article a lieu devant une
» voyelle ou une *h* muette. »

Encore serait-il bon de prévenir qu'on doit excepter de
cette règle *onze* et *onzième ;* on dit en effet : *le onze, le on-*

zième, et non *l'onze*, *l'onzième*. Les couturières de Paris et l'Académie disent aussi *de la ouate*. On dit aussi le *oui*, le *non*.

(Page 8, n° 45). « La contraction *au*, *du*, n'a pas lieu « devant une voyelle ou une *h* muette. »

Même observation que ci-dessus.

CHAPITRE III.

DE L'ADJECTIF.

(Page n° 44.) « L'adjectif exprime les *qualités* du subs-
» tantif. »

L'adjectif ne peut exprimer que *la qualité*, et non *les qualités* du substantif; il est ridicule de mettre les mots *adjectif*
et *substantif* au singulier, et le mot *qualités* au pluriel.
Quand je dis : *habit* BLEU, *bleu* exprime *la qualité*, et non
les qualités du substantif *habit*.

Nous demandons pardon d'un tel langage, mais c'est celui
de MM. Noël et Chapsal. Les *qualités* d'un substantif sont
d'être bien ou mal écrit, long ou court : *le* est un petit mot,
incommensurablement est un grand mot. *Bleu* dans *habit
bleu* n'exprime donc pas la qualité ou manière d'être du
substantif *habit*, à moins que ce dernier ne soit écrit ou
imprimé en encre *bleue ;* mais il exprime la qualité de l'objet
représenté par le mot *habit*, ce qui n'est pas précisément
la même chose. On ne saurait trop se montrer sévère dans
l'emploi des termes.

(Page 9, n° 46.) « Les *adjectifs* qualificatifs s'ajoutent au
» substantif pour en exprimer *la qualité*. »

Dans le numéro précédent c'était *un adjectif* qui expri-
mait *les qualités* d'un substantif; ici ce sont *des adjectifs*
qui expriment *la qualité* d'un substantif. Voilà qui est bien
peu conséquent.

(Page 9, n° 7, 30° édition.) « Les adjectifs qualificatifs peuvent
» exprimer la qualité ou simplement, ou avec comparaison,
» ou comme portée à un très-haut degré : de là trois degrés

» de qualification dans les adjectifs : le positif, le compa-
» ratif et le superlatif. »

Puisque, de l'aveu même de M. Chapsal (50), nous n'a-
vons que trois adjectifs qui expriment à eux seuls un com-
paratif, savoir : *meilleur, pire, moindre*, il est ridicule de
venir nous dire qu'il y a trois degrés de qualification dans
les adjectifs. Que je dise :

César était aussi *éloquent* que Cicéron.

César était moins *éloquent* que Cicéron.

César était plus *éloquent* que Cicéron.

Éloquent reste toujours le même, et si ces trois phrases
ne présentent pas le même sens, c'est en vertu des mots
aussi, moins, plus. Donc c'est à tort que MM. Noël et Chapsal admettent des comparatifs de supériorité, d'infériorité
et d'égalité, car ces idées de comparaison appartiennent
uniquement aux adverbes *plus, moins, aussi*, etc , et non
aux adjectifs.

Il paraît que depuis, MM. Noël et Chapsal ont changé
d'avis ; car dans la 31ᵉ édition de leur grammaire, il n'est
plus question des comparatifs ni des superlatifs.

(Page 10, nᵒ 51). « Tout adjectif terminé au masculin par
» un *e* muet, ne change pas de terminaison au féminin. »

Cependant *traître* fait TRAÎTRESSE ; *maître*, MAÎTRESSE ;
diable, DIABLESSE ; *ivrogne*, IVROGNESSE ; *mulâtre*, MULA-
TRESSE ; *pauvre*, PAUVRESSE ; *suisse*, SUISSESSE, etc. , etc.

C'est une omission que nous engageons MM. Noël et Chapsal à réparer.

(Page 11, nᵒ 51). « *Franc* fait au féminin *franche*. »

Néanmoins il serait bon de prévenir qu'en style historique
on dit les peuplades *franques*, les races *franques*, pour dé-
signer les tribus qui envahirent les Gaules, sous Phara-
mond.

Métis, qui fait au féminin *métisse*, a été oublié parmi les
exceptions de la 2ᵉ règle nᵒ 56.

MM. Noël et Chapsal ont également oublié de dire que l'usage est encore partagé sur le féminin des mots *huguenot, vieillot, bellot;* quant à nous, nous croyons qu'il faut préférer la règle générale et ne pas doubler le *t.*

(Page **12**, n° 51). « REMARQUE. Les adjectifs en *eur,* qui ex» priment un état principalement exercé par les hommes, » ne changent pas au féminin. »

Il faudrait cependant en excepter quelques mots, tels que *cultivateur, empereur, ambassadeur,* etc., qui font *cultivatrice, impératrice, ambassadrice.*

Voltaire a écrit à Mme Dacier : *Vous êtes la seule* TRADUC-TRICE *et* COMMENTATRICE. Rien n'empêche de l'imiter.

(Page **12**, n° 55). « Les adjectifs déterminatifs se joignent » au substantif pour en déterminer la signification, à l'aide » d'une idée qu'ils y ajoutent. Quand je dis : *ma maison,* » *ma* attache à *maison* une idée de possession. »

D'abord, nous ferons remarquer que c'est une bizarrerie par trop choquante de dire : *les adjectifs déterminatifs déterminent le substantif,* en mettant *adjectifs* au pluriel, et *substantif* au singulier.

Mais nous avons une observation plus importante à faire.

Dire que le sens du substantif *maison,* dans *ma maison,* est assez déterminé par *ma,* sans qu'il soit besoin d'ajouter autre chose pour opérer cette détermination, c'est prouver qu'on ignore complètement la véritable nature des adjectifs possessifs.

Nous apprendrons donc à MM. Noël et Chapsal 1° que l'objet unique de ces adjectifs est, dans le français comme dans toute autre langue, de compléter la détermination toujours annoncée par l'article; 2° que l'ellipse sous-entend l'article, ce qui rend indispensable le placement de ces mots avant le substantif; 3° que les adjectifs *mon* ou *mien, ton* ou *tien,* etc., sont exactement les mêmes, pour le sens, que les formes *de moi, de toi,* etc.

L'analyse va prouver jusqu'à l'évidence la vérité de ces assertions.

Quand je dis : LE *père* DE LUI, l'article *le* détermine le mot *père* avec le concours de l'expression *de lui* Eh bien, il en est de même quand je dis : *son père*, qui est l'abrégé de *le père son, le père sien, le père de lui*. Dans l'un comme dans l'autre cas, l'article exprimé ou sous-entendu sert à déterminer le mot *père* à l'aide de l'adjectif *mon* ou *mien* ou de l'expression qualificative *de moi. Mon, ma, mes,* ne déterminent donc pas seuls les substantifs, ainsi que l'avancent à tort MM. Noël et Chapsal.

CHAPITRE IV.

DU PRONOM.

(Page 17, n° 74). « *Celà.* »

C'est à tort que MM. Noël et Chapsal mettent un accent sur l'*a* dans *cela*. Ils n'ont d'ailleurs qu'à recourir à leur dictionnaire pour s'en convaincre.

(Page 17, n° 75). « Il ne faut pas confondre *ce*, pronom dé-
» monstratif, avec *ce*, adjectif démonstratif. Le premier est
» toujours joint au verbe *être* ou suivi des pronoms *qui, que,*
» *quoi, dont : c'est lui; ce qui plaît ; ce dont je parle ; ce à*
» *quoi je pense.* Le second est toujours suivi d'un substantif :
» *ce discours, ce livre.* »

Il y a plusieurs erreurs dans ce passage.

Ce, pronom, est toujours joint au verbe *être*. Cela n'est pas vrai, car *ce* peut se placer encore devant les verbes *pouvoir, devoir*, suivis de *être*, et devant les verbes *dire* et *sembler*. Exemples :

Figurez-vous quelle joie *ce* peut être que de relever la fortune d'une personne qu'on aime. (MOLIÈRE.)

> Sottes de ne pas voir que le plus grand des soins,
> *Ce* doit être celui d'éviter la famine.   (LA FONTAINE.)
> Doux trésor, *ce* dit-il, chers gages qui jamais
> N'attirâtes sur vous l'envie et le mensonge.   (IDEM.)

Les Portugais auraient dû, *ce* semble, établir toute leur puissance dans cette île. (RAYNAL.)

Ce, dites-vous, est tantôt pronom démonstratif, et tantôt adjectif démonstratif. Erreur grossière ! Quoi ! ne voyez-vous pas qu'il y a ellipse dans ces phrases *c'est lui; ce qui plaît; ce dont je parle; ce à quoi je pense*, et que ce sont des abrégés de : *cet* (homme) *est lui; cet* (objet) *qui plaît; ce* (fait) *dont je parle; cet* (objet) *à quoi* pour *auquel je pense?* Un mot ne peut ainsi changer de nature parce qu'il est employé d'une manière elliptique. *Ce*, suivi ou non suivi d'un substantif, reste toujours ce qu'il est, c'est-à-dire un *adjectif démonstratif.*

Nous profiterons de cette circonstance pour entrer ici dans quelques développements sur l'importance de bien distinguer la *nature* des mots d'avec le *rôle* qu'ils remplissent, pour opérer une bonne classification des parties du discours.

Suivant les grammairiens, pour bien connaître les mots, pour les bien classer, c'est moins leur *nature* propre qu'il faut consulter que leur *rôle*. C'est là une erreur grave, et qui me semble être la mère de toutes les autres. C'est à cette erreur, en effet, que nous sommes redevables de la doctrine des *verbes auxiliaires*, des *pronoms*, des *participes passés*, etc., etc. C'est à elle aussi qu'une foule considérable de mots doivent l'heureux privilège d'être tout à la fois, *noms, adjectifs, verbes, adverbes, conjonctions,* etc., etc. (1).

Il faut convenir que les grammairiens se font des idées assez étranges de la *nature* des mots. Pour le plus grand nombre, elle est tout entière dans le rôle qu'ils jouent, c'est-à-dire dans leurs différentes fonctions. Le rôle est tout à leurs yeux, ou plutôt ils n'ont d'yeux que pour le rôle. Mais, quant à ce qui constitue la nature même des mots, leur es-

---

(1) Un chef d'institution, à qui l'on demandait l'analyse du mot *bref*, dans cette phrase : BREF, *c'était un malhonnête homme*, répondit que ce mot remplissait ici le rôle d'interjection. Un adjectif qui devient interjection! Un autre a été plus loin; il a osé imprimer que *bah!* dans *bah! vous plaisantez*, est pour *mon étonnement est* BAS. Oh!.... *risum teneatis!*

sence, ce qui les fait être ce qu'ils sont, en conscience ont-ils assez de loisir pour en prendre souci, et une semblable bagatelle est-elle faite pour les arrêter un instant? qu'on ne s'étonne donc pas s'ils n'en tiennent aucun compte.

Aussi, un mot apparaît-il sous un aspect nouveau, remplissant une fonction insolite, pour eux ce mot n'est plus le même; c'en est un autre, son homonyme peut-être; un mot qui, en changeant de rôle, de fonction, a aussi changé de nature; un mot enfin qu'ils seraient presque tentés de ne plus regarder comme un mot.

On voit aisément où peut et doit conduire une telle manière d'envisager les choses. Avec de pareils principes, il n'est point de bonne classification à espérer; ils bouleversent les idées les plus saines, et jètent la confusion dans tout le système grammatical.

Il serait bien temps cependant que de telles illusions cessassent. Il serait temps que les rêveries de l'imagination fissent place à la réalité, et que la vérité brillât dans tout son jour. Les grammairiens devraient enfin se persuader qu'il existe une différence énorme entre le *rôle* et la *nature* d'un mot, et que confondre deux choses aussi essentiellement distinctes, c'est s'abuser étrangement.

Le ROLE est une chose purement accidentelle, accessoire. De là vient qu'un mot, de sa nature *adjectif*, peut accidentellement remplir le rôle de *substantif*, *d'adverbe*, etc. Le rôle est donc une chose variable.

Il n'en est pas de même de la NATURE du mot, c'est-à-dire de la condition essentielle de son être, de sa constitution physique, de son organisation matérielle, de sa propriété native, fondamentale, de ce par quoi il existe, en un mot, de ce qui constitue sa spécialité, son individualité, sa vie; elle est immuable.

Un mot ne peut avoir qu'une seule nature; mais il peut remplir une infinité de rôles, de fonctions. S'ensuit-il pour cela qu'il faille le placer dans une infinité de classes? Vraiment non ; un mot ne peut changer de nature en passant d'une fonction à une autre ; il reste toujours ce qu'il est ; il est toujours le même ; sa nature est impermutable : il doit donc appartenir à une classe unique. Autrement, il n'y aurait plus rien d'arrêté dans les langues ; tout serait dans un état de fluctuation perpétuelle; tout serait abandonné à l'influence passagère du moment; tout errerait au gré du caprice, et quoi de plus capricieux, je le demande, quoi de plus mobile, de plus variable que le rôle! Les mots alors n'ayant plus de caractère propre, fixe, permanent, on ne saurait plus à quelle classe ils appartiennent par cela même qu'ils pourraient leur appartenir à toutes.

Ils se trompent donc étrangement, selon nous, ceux qui donnant tout au rôle, même ce qu'il n'a pas, ce qu'il ne peut avoir, le prènent pour seul guide, et s'imaginent que la nature même du mot, sa valeur intrinsèque, est une chose dont on ne doive tenir aucun compte en matière de classification. Ils ne voient pas qu'en s'attachant au rôle, ils s'attachent à tout ce qu'il y a de plus superficiel, de plus fugitif, de plus extérieur, je dirai presque de plus insaisissable.

Telle n'est point la marche du grammairien philosophe. Il sait que pour connaître les choses, il faut, comme dit Bacon, aller droit à la racine et non s'arrêter aux feuilles. Il sait que la nature d'un mot n'est pas dans le rôle qu'il joue ; aussi n'est-ce point là qu'il la cherche. Il sait que tout ce que nous connaissons du corps humain est le produit des dissections et des observations anatomiques, et que c'est par la même voie que l'on peut espérer de parvenir à la connaissance parfaite des éléments de la parole. Armé du flambeau de l'analyse, ce scalpel de la pensée, ce *criterium* de toute vérité, il fait pour les mots ce que le chimiste, ce que l'anatomiste font pour les corps. Il les dissèque, il les décompose, il les passe au creuset; il les réduit à leurs éléments primitifs ; en un mot , il cherche à pénétrer jusqu'au sein de leurs entrailles., afin de découvrir les lois de leur organisme, de surprendre le mystère de leur structure , le phénomène de leur existence. Rien ne peut se soustraire à la puissance de ses regards plongeant dans cette nature sombre, obscure, mystérieuse. C'est en vain que tous ces Protées , que tous ces Briavées de la grammaire se flatteraient d'échapper à ses redoutables investigations. Il déchire impitoyablement le masque qui les couvre, il met en lambeaux leur costume d'emprunt , et les force de se montrer à lui dans toute leur nudité, dans toute leur simplicité originelle. La vue de cette nature ainsi déchiquetée, mutilée, presque anéantie, n'est pas, il est vrai, sans lui causer parfois quelques dégoûts ; mais il les surmonte ; il oublie ce que peuvent avoir d'âpre et de repoussant de pareilles opérations , et s'y livré avec ardeur, avec enthousiasme même , parce qu'il sait que la science est là, et que tous ses efforts sont vains , tant qu'il n'a point atteint jusqu'à leur nature la plus intime, jusqu'à leurs fibres les plus secrètes , les signes de nos idées. Ses soins et ses travaux ne se bornent pas à cette seule découverte ; il étudie aussi le nombre presque infini de leurs rapports, de leurs fonctions, de leurs rôles, de leurs nuances, nuances souvent si délicates et si imperceptibles. Il veut les voir dans toutes leurs positions, dans toutes leurs phases, sous toutes leurs formes, avec tous leurs accidents. Il veut connaître, en quelque sorte, leur histoire individuelle, leur biographie complète, et quand il est arrivé là, il ne les abandonne pas encore ; il exerce sur eux, s'il m'est permis de le dire, une espèce de police secrète, fort active, afin de ne pas être dupe de leurs transformations sans nombre , et d'éviter qu'aucun d'eux ne se glisse, à son insu, dans une classe étrangère où il ne manquerait pas d'apporter le désordre et la confusion.

C'est en suivant cette marche , conforme à la vraie philosophie, que les savants modernes ont fait faire des pas immenses à toutes les sciences en général. C'est à cette sublime inspiration de la nature que les Galilée, les Newton, les Descartes, les Mallebranche, les Bacon, les Fourcroy, les Lavoisier, les Berthollet, doivent les succès qui ont fait leur célébrité. Osons donc, à l'exemple de ces grands génies, lire dans le grand livre de la nature; osons boire à cette source sacrée de toutes nos connaissances. Osons refaire en entier l'édifice grammatical, édifice qu'ont presque sapé par la base les rudes attaques que lui ont tour à tour portées les Dumarsais, les Duclos, les Horn-Tooke, les Condillac, les Tracy, les Lemare.

Si l'espace ne nous manquait, nous ferions voir que les différents signes de nos idées doivent être classés d'après la nature même de ces idées, et non d'après des circonstances tout à fait indépendantes de leur valeur spécifique. Mais comme nous nous proposons d'en faire l'objet d'un ouvrage spécial, c'est là qu'on pourra juger combien ces principes nouveaux sont féconds en heureux résultats.

(Page **18**, n° 80.) « Les adjectifs indéfinis *aucun*, *nul*, » *certain*, *plusieurs*, *tel*, quand ils ne sont pas joints à un » substantif, peuvent être considérés comme pronoms indéfinis. »

Erreur, mille fois erreur ! *Aucun*, *nul*, *certain*, *plusieurs*, *tel*, ne sont jamais qu'adjectifs : quand ils sont seuls, c'est qu'il y a ellipse du substantif, cela est clair. *Aucun n'a répondu*, c'est pour *aucun* (homme) *n'a répondu ; nul n'est de mon avis*, c'est pour *nul* (homme) *n'est de mon avis ; plusieurs pensent que*, c'est pour *plusieurs* (personnes) *pensent que*. Pour que ces mots pussent devenir *pronoms*, il faudrait qu'ils remplaçassent d'autres mots; or de quel mot tient la place *nul*, quand je dis : *nul ne viendra ?* Cette idéologie à la Chapsal est contraire à tous les principes de la raison et du sens commun.

CHAPITRE V.

DU VERBE.

(Page 20, n° 86.) « Le *Régime* est le mot qui *complète*, qui
» achève d'exprimer l'idée commencée par un autre mot. »

MM. Noël et Chapsal sont restés fidèles à l'ancienne no-
menclature. Aujourd'hui le régime s'appèle *complément*, et
cette dénomination nous paraît infiniment plus logique.

(Page 21, n° 90.) « *Que* est toujours régime direct. »

Que est-il régime direct dans les phrases suivantes :

> Et *que* peut me servir le destin le plus doux ?
> (*Th. Corneille*)

> *Que* peut servir ici l'Egypte et ses faux dieux ?
> (*Boileau.*)

Ou courez-vous ? ce n'est pas là *que* sont les ennemis.
(*Voltaire.*)

C'est à vous *que* je veux parler.

(Page 21, n° 92.) « Il y a cinq sortes de verbes adjectifs :
» le verbe *actif*, le verbe *passif*, le verbe *neutre*, le verbe
» *pronominal*, et le verbe *unipersonnel*. »

Si jamais nous entreprenons l'*histoire des perruques*, nous
ne manquerons pas d'y placer en première ligne MM. Noël
et Chapsal, qui ont un si saint respect pour toutes les vieilles
traditions.

Dans la nouvelle école, les verbes sont réduits à deux
seules classes : les VERBES D'ÉTAT, comme *je suis gai, tu es
triste, elle est sage,* etc.; et les VERBES D'ACTION, comme
je cours, tu marches, elle vient, etc.

MM. Noël et Chapsal appèlent *actif* le verbe *transitif;*
mais c'est un abus de mots. Un homme qui court, dit M. Vanier
dans son excellent *Dictionnaire grammatical*, est aussi bien
en action qu'un autre qui nage, ou qu'un autre qui tire un
bateau ou pousse une charrette. Un homme monte chez
lui ; un autre monte des bouteilles de la cave, tous deux
sont en action, et le verbe *monter* qui exprime cette action,
est évidemment un verbe actif ; dans le premier cas, l'action
n'a pas d'objet direct ; et dans le second, elle en a un qui
est *bouteilles*.

Dans les langues désinentielles, on oppose le verbe actif
amo au verbe passif *amor*, le premier exprimant l'action
exercée, et le second l'action soufferte par le sujet. En
français, nous n'avons pas de verbes passifs ; nous y sup-
pléons par une circonlocution qui a le verbe *être* pour base,
et un adjectif qui est l'attribut d'état du sujet.

Quant à la dénomination de *neutre* donnée à certains
verbes, elle serait bonne si elle pouvait signifier quelque
chose dans notre grammaire. *Ni l'un ni l'autre*, dites-vous.
Eh bien ! qu'est-il donc? C'est un verbe d'action, répondrons-
nous, qui n'a pas de régime, c'est-à-dire intransitif.

Beaucoup de grammairiens, dit encore M. Vanier, ont
critiqué avec raison la dénomination d'*impersonnel* donnée
à quelques verbes, attendu que cela signifie *verbe sans personne*, ce qui serait faux, puisqu'il est à la troisième. *Unipersonnel* n'est pas mieux trouvé, puisque le même verbe,
employé avec un sujet déterminé, peut se mettre aux trois
personnes des deux nombres ; car si l'on dit : *il lui est venu
quinze personnes*, on peut dire aussi : *quinze personnes lui
sont venues ; nous sommes venus chez lui ; vous êtes venu
lui demander à dîner.*

(Page 22, n° 96.) « Le verbe *pronominal* est celui qui se
» conjugue avec deux pronoms de la même personne, comme
» *je me, tu te, il se, nous nous, vous vous, ils se : je me*

» *rappèle, tu te proposes, il se repent, nous nous parlons,*
» *vous vous taisez, etc.* »

Le verbe pronominal n'est pas du tout celui qui se conjugue avec deux pronoms de la même personne; car dans cette phrase : *je* LE LUI *donne*, il y a deux pronoms de la même personne, qui pourraient s'y trouver dans toute la conjugaison du verbe; il s'en trouverait même trois dans IL LE LUI *donne;* cependant ce n'est pas un verbe pronominal. Si je dis *Pierre se loue*, il n'y a qu'un pronom, et cependant le verbe est pronominal. Donc votre définition est fausse.

Cette observation a été faite avant nous par M. Dessiaux, auteur de l'*Examen critique de la Grammaire des Grammaires*, et l'on doit être étonné que MM. Noël et Chapsal, qui n'ont fait qu'abréger le grand ouvrage de Girault-Duvivier, n'aient pas profité de cette critique.

(Page **22**, nº 97.) « Quelques verbes pronominaux ne » peuvent s'employer sans deux pronoms, tels sont *se re-* » *pentir, s'abstenir, s'emparer, s'en aller*, etc. »

Où MM. Noël et Chapsal ont-ils vu que les verbes qu'ils citent ne peuvent s'employer sans deux pronoms? Il nous semble pourtant que quand on dit : *le coupable se repent, les juges se sont abstenus, les ennemis se sont emparés de la ville, mes amis se sont en allés*, on ne fait usage que d'un seul pronom. Si cela est, comme nous le pensons, nous en conclurons que l'assertion de MM. Noël et Chapsal est fausse.

(Page **22**, nº 98.) « Le verbe *unipersonnel* ne s'emploie, » dans tous les temps, qu'à la troisième personne du sin » gulier, et a toujours pour sujet apparent le mot vague *il* : » *il faut, il y a, il importe, il pleut*, etc.

IL Y A, cher lecteur, IL Y A devenu un verbe, et un verbe unipersonnel! Quant à *importe*, il s'emploie avec d'autres mots que *il*. Ex. :

Cette affaire, que m'importe-t-elle ?

Ces affaires, que m'importent-*elles ?*

Votre affaire m'importe peu.

Vos affaires m'importent peu.

Il s'emploie même aussi sans sujet énoncé, comme dans les vers suivants :

> Qu'*importe* qu'au hasard un sang pur soit versé ?
>
> (*Racine.*)

> Et que m'*importe* donc, dit l'âne, à qui je sois ?
>
> (*La Fontaine.*)

Pleuvoir ne s'emploie pas toujours non plus avec *il ;* Bossuet a dit : Dieu *pleut* sur le champ du juste comme sur celui du pécheur.

(Page 23, n° 100.) « Le nombre est la forme que prend le » verbe pour indiquer son rapport avec l'unité ou la plura- » lité : *je chante, nous chantons,* etc. »

L'unité ou la pluralité de quoi ? Cette définition est défectueuse et partant inintelligible pour tout le monde. Nous la remplacerons par celle-ci :

Le nombre est la propriété qu'a le verbe de marquer par sa forme son rapport à un *sujet* singulier ou pluriel : *je chante, vous chantez.*

CHAPITRE VII.

DE L'ADVERBE.

(Page 67 , n° 193.) « L'*adverbe* est un mot invariable qui
» modifie ou un verbe : *il parle* ÉLOQUEMMENT ; ou un adjec-
» tif : *il est* TRÈS-*éloquent ;* ou un autre adverbe : *il parle*
» BIEN *éloquemment.* »

Si , de l'aveu même de MM. Noël et Chapsal (p. 19, n° 82),
il n'y a réellement qu'un seul verbe, qui est le verbe *être ,*
et que *parler* doive se décomposer par *il est parlant ;* il est
hors de doute que, dans *il parle éloquemment* qui est la
même chose que *il est* PARLANT ÉLOQUEMMENT, l'adverbe *élo-*
quemment ne modifie point le verbe, mais bien le participe
parlant.

Il parle bien éloquemment devant se décomposer également, d'après MM. Noël et Chapsal (p. 68 , n° 194), par
il parle d'une manière BIEN *éloquente,* l'adverbe *bien* ne
modifie que l'adjectif *éloquente.*

Donc l'adverbe ne modifie et ne peut jamais modifier que
des adjectifs.

(Page 68, n° 195.) « Certains adjectifs s'emploient quelque-
» fois comme adverbes, c'est lorsqu'ils modifient un verbe. »

Ajoutez *et un adjectif ;* car *fermé , haut,* etc., peuvent
aussi modifier des adjectifs. » Exemples : *tenu ferme , placé*
haut, etc.

(Page 69, n° 198.) « Un assemblage de mots qui servent à
» *qualifier* ou un verbe, ou un adjectif, se *nomment* locu-
» tion adverbiale. »

Qualifier est une faute ; il faut *modifier,* d'après la définition même de l'adverbe, donnée plus haut par MM. Noël et Chapsal.

Si ce sont les mots qui *servent* à modifier, c'est l'assemblage de ces mots qui se *nomme* locution adverbiale ; donc, c'est un solécisme de mettre *nomment* au pluriel.

La même observation s'applique au n° 203, p. 70, ainsi qu'au n° 207, p. 71.

CHAPITRE XI.

—

DE L'ORTHOGRAPHE.

(Page **71**, nᵒ **210**.)« L'orthographe est l'art d'être correct
» dans l'emploi des caractères et des signes orthographi-
» ques. »

Que signifie ce baragouinage? il vaudrait beaucoup mieux
dire : l'orthographe est la partie de la grammaire qui traite
de la manière d'écrire les mots.

DEUXIÈME PARTIE.

DE LA SYNTAXE.

CHAPITRE II.

DU SUBSTANTIF.

(Page. 99, n° 339.) « Les noms propres ne prennent pas la
» marque du pluriel, excepté quand ils sont employés comme
» noms communs. »

Nous en demandons bien pardon à MM. Noël et Chapsal,
les noms propres prennent quelquefois la marque du pluriel,
même lorsqu'ils ne sont pas pris comme noms communs.
Exemples :

Les pyramides de l'Egypte s'en vont en poudre, et les
graminées du temps des *Pharaons* subsistent encore.

(BERNARDIN DE SAINT-PIERRE.)

L'Italie a porté dans son sein les Décius, les *Camilles*,
les Marius, les infatigables *Scipions*, et César-Auguste, le
plus grand des Romains. (TISSOT.)

Buvons au plus grand des *Henris*.

(BÉRANGER.)

La noble fille des *Stuarts*
Vers toi tournera ses regards.

(IDEM.)

Autour de moi je vois épars
Les antiques débris du trône des *Césars*.
(C. Delavigne.)

Des *Guises* cependant le rapide bonheur
Sur son abaissement élevait leur grandeur.
(Voltaire.)

En général, les noms de dynasties, ceux de certaines familles où il y a succession d'illustration prennent le signe du pluriel.

C'est une omission que nous devons reprocher non-seulement à MM. Noël et Chapsal, mais encore aux auteurs de la *Réfutation*.

(Page 100, n° 344.) « Les substantifs composés qui ne » sont pas encore passés à l'état de mots, etc...... »

Conçoit-on des *substantifs* qui ne sont pas encore passés à l'état de *mots !* Voilà un langage passablement ridicule.

(Page 101, n° 345.) « Dans *grand'mères*, *grand'messes*, » l'adjectif reste invariable *par raison* de prononciation. »

Par raison de prononciation ! si c'est là du français, il est bien mauvais.

(Page 100 à 102, n° 344 à 350.) « Orthographe des noms » composés. »

MM. Noël et Chapsal et presque tous les grammairiens qui ont traité ce sujet commencent par établir pour règle que *tout nom composé doit s'écrire, dans chacune de ses parties, au singulier ou au pluriel, selon que le sens ou la nature des mots partiels exige l'un ou l'autre nombre.* Puis, lorsqu'ils en viennent aux détails, ils donnent des décompositions qui sont évidemment en contradiction avec cette même règle, ce qui ne peut que jeter les élèves dans la plus grande incertitude; c'est ainsi, par exemple, que, suivant eux, des *boute-en-train* sont *des hommes qui* BOUTENT *les autres en train;* des *brise-cou*, des *escaliers où l'on court risque de se briser le cou*, si l'on n'y prend pas garde; des *porte-*

clefs, des *gens qui* PORTENT *les clefs*, etc., etc. On conviendra que ce sont là plutôt des explications que de véritables décompositions. Il faut toujours, dans ces dernières, respecter l'orthographe de chaque mot, et c'est ce que les grammairiens ne font certainement pas ici en substituant *boutent, briser* et *portent*, à *boute, brise* et *porte*. Croit-on que l'élève soit plus instruit quand on lui dit, comme MM. Noël et Chapsal, que des *tête-à-tête* sont des *entrevues* où *l'on est* SEUL à SEUL? C'est esquiver la difficulté, ce n'est point la résoudre. Pour faire voir combien il est important que ces sortes de décompositions soient bien faites, je vais analyser ceux des noms composés qui paraissent le plus rebelles à l'analyse.

EXEMPLE. Un abat-jour.

ANALYSE. *Un* (instrument en bois au moyen duquel on) *abat* (le) *jour*.

Ex. Des abat-jour.

AN. *Des* (instruments en bois au moyen desquels on *abat* (le) *jour*.

Ex. Un boute-en-train.

AN. *Un* (homme qui) *boute* (les autres) *en train*.

Ex. Des boute-en-train.

AN. *Des* (hommes dont la joie) *boute* (les autres) *en train*.

Ex. Un brise-cou.

AN. *Un* (escalier où l'on se) *brise* (le) *cou*.

Ex. Des brise-cou.

AN. *Des* (escaliers où l'on se) *brise* (le) *cou*.

Ex. Un casse-noisettes.

AN. *Un* (instrument avec lequel on) *casse* (des) *noisettes*.

Ex. Des casse-noisettes.

AN. *Des* (instruments avec lesquels on) *casse* (des) *noisettes*.

Ex. Un essuie-mains.

AN. *Un* (linge avec lequel on s') *essuie* (les) *mains*.

Ex. Des essuie-mains.

An. *Des* (linges avec lesquels on s') *essuie* (les) *mains*.

Ex. Un tête-à-tête.

An. *Un* (entretien où l'on est) *tête à tête*.

Ex. Des tête-à-tête.

An. *Des* (entretiens où l'on est) *tête à tête*.

Ex. Un va-nu-pieds.

An. *Un* (homme qui) *va nu-pieds*.

Ex. Des va-nu-pieds.

An. *Des* (hommes semblables à celui qui) *va nu-pieds*.

Dans l'analyse des exemples que nous venons de citer, l'orthographe des mots n'est point altérée, et l'élève, par ce moyen, est à même de se rendre compte du nombre qui est employé dans chacun d'eux.

CHAPITRE IV.

DE L'ADJECTIF QUALIFICATIF.

(Page 106, n° 365.) « S'il y a deux ou plusieurs substan-
» tifs, l'adjectif se met au pluriel, et prend le genre mascu-
» lin, si les substantifs sont de différents genres. »

Quoi qu'en disent MM. Noël et Chapsal, la difficulté de
satisfaire la raison et l'oreille a été cause que très-souvent
les meilleurs écrivains se sont affranchis de la règle, en ne
fesant accorder l'adjectif qu'avec le dernier substantif. Ex. :

On doit éviter les mots et les actions DÉFENDUES. *(Voltaire.) — Le vent fut contraire ; le ciel et la mer* BELLE. *(Bernardin de St-Pierre.) — Ce peuple a le cœur et la bouche*
OUVERTE *à vos louanges. (Vaugelas.) — Tous les mots de la
langue et toutes les syllabes nous paraissent* PRÉCIEUSES.
*(Racine.) — Cette opinion inspire aux uns un orgueil into-
lérable, en leur persuadant qu'ils sont revêtus d'une origine
et d'une puissance* CÉLESTE. *(Bern. de St-Pierre.) — Auguste
honora les lettres de cette protection et de cet attachement*
RÉEL *qui, dans un souverain, est si capable de les faire fleu-
rir. (Domergue.) — C'est comme une espèce d'enthousiasme
et de fureur* NOBLE *qui anime l'oraison, et qui lui donne un
feu et une vigueur toute* DIVINE. *(Boileau.) — Les Grecs appe-
laient du nom de satires des drames d'une licence et d'une gaîté*
BURLESQUE *(Laharpe). — Le jour même que sur l'autel de notre
père tu consentiras avec moi à nous jurer une alliance et une
paix* INVIOLABLE, *ton trône, ton empire, tout te sera rendu.
(Marmontel.) — Armez-vous d'un courage et d'une foi* NOU-
VELLE. *(Racine.) — Quand cet enfant esclave et tyran, plein*

de science et dépourvu de sens, est jeté dans le monde, il fait déplorer la misère et la perversité HUMAINE. (J.-J. Rousseau.) — *Songez ce que c'est que d'avoir des bras et des jambes* CASSÉES. (Mme de Sévigné.)

C'est une exception dont les auteurs de la *Réfutation* n'ont pas parlé.

(Page **107**, n° 366.) « REMARQUE. Lorsque deux subs-
» tantifs qualifiés par un adjectif n'ont pas le même genre,
» l'oreille exige qu'on énonce le substantif masculin le der-
» nier, si l'adjectif a une terminaison particulière pour chaque
» genre, comme : *bon, bonne; entier, entière; épais, épaisse,*
» etc., et qu'on dise : *il a montré une prudence et un courage*
» *étonnants.* »

Cependant les auteurs ne se sont pas toujours astreints à cette règle. Ex. :

L'ordre et l'UTILITÉ *publics* ne peuvent être le fruit du crime.　　　　　　　　　　　　　　　*(Massillon.)*

En Egypte les jeunes filles de la campagne ont les bras et les JAMBES bien *faits.*　　　　　　　　　*(Bossuet.)*

(Page **108**, n° 372.) « L'adjectif employé adverbialement,
» c'est-à-dire pour *qualifier* un *verbe*, est toujours inva-
» riable. »

L'adverbe, nous l'avons déjà fait observer, *modifie* le verbe; il ne le *qualifie* pas; il y a donc un mot pour un autre dans ce passage.

L'adjectif employé adverbialement, ne modifie pas seulement les verbes, il peut aussi modifier des adjectifs et même des adverbes. Ex. : *placés haut, tenus ferme; placés bien haut, tenus bien ferme.*

CHAPITRE VI.

DES PRONOMS.

(**Page 124**, nᵉ **424**.) « Le pronom relatif doit toujours » être placé près de son antécédent. »

Après avoir posé en principe que les adjectifs conjonctifs, vulgairement dits pronoms relatifs, ne doivent jamais être séparés de leur antécédent, les grammairiens, comme à l'envi les uns des autres, disent les auteurs de la *Grammaire nationale*, condamnent toute construction qui s'écarte de ce principe. Ainsi, de par d'Olivet, Lévizac, Girault-Duvivier et MM. Noël et Chapsal, qu'on est toujours sûr de rencontrer quand il y a quelques erreurs à conserver, il ne faut pas imiter Regnard, Boileau, La Fontaine, Racine, Montesquieu, J.-B. Rousseau, Rulhières dans les exemples suivants, attendu que les adjectifs conjonctifs *qui, que, dont,* se trouvent séparés des noms auxquels ils se rapportent :

> Ah ! qu'un *père* est heureux, *qui* voit, en un moment,
> Un cher fils revenir de son égarement.
>
> *(Regnard.)*

> Un *loup* survint à jeun, *qui* cherchait aventure.
>
> *(La Fontaine.)*

Que les mœurs du pays où vous vivez sont saintes, *qui* vous arrachent à l'attentat des plus vils esclaves.

(Montesquieu.)

Un *homme* restait seul, *qui* avait été employé sous le ministère des étrangers. *(Rulhières.)*

La *déesse* en entrant, *qui* voit la nappe mise,
Admire un si bel ordre et reconnaît l'église.

(Boileau.)

Une *fille* en naquit, *que* sa mère a célée.

(Racine.)

Il ne peut pas dire que ces *grands hommes* aient failli, *qui* ont combattu pour la même cause dans les plaines de Marathon. (*Boileau.)*

Un *prince* nous poursuit, *dont* le fatal génie...

(J.-B. Rousseau.)

N'en déplaise à tous les Chapsals du monde, tous ces exemples sont non-seulement corrects, mais encore élégamment construits, et nous venons nous en constituer les défenseurs.

Examinons : Quand MM. Noël et Chapsal établissent que le *pronom relatif* doit toujours être placé près de son antécédent, ils ajoutent aussitôt que toute autre place rendrait sa correspondance louche et équivoque. Nous le demandons, dans les citations qui précèdent, aucune équivoque, aucune ambiguité est-elle à craindre? Le sens, au contraire, n'est-il pas parfaitement clair, puisque les relatifs *qui, que, dont,* ne sont distraits de leur antécédent que par des verbes ou des adjectifs avec lesquels il est impossible de les faire rapporter?

Concluons donc que les écrivains se sont bien exprimés, que la construction attaquée, loin d'être vicieuse, est bonne et peut être imitée; enfin que le principe des grammairiens ne doit être observé, qu'autant que les adjectifs conjonctifs *qui, que, dont,* séparés de leur antécédent, donneraient réellement lieu à un sens louche et équivoque.

Les auteurs de la *Réfutation* n'ont rien dit de cette difficulté.

CHAPITRE VII.

SYNTAXE DU VERBE.

(Page 136, n° 465.) « Régime des verbes passifs. »

Il y a des participes dont le complément est précédé de la préposition *de* ou *par*. C'est la nature de l'action exprimée par le verbe qui détermine le choix de l'une ou de l'autre. A ce sujet voici la règle posée par MM. Noël et Chapsal.

« S'agit-il d'un sentiment, d'une passion, ou pour tout dire, d'une opération de l'âme, employez la préposition *de : Il est chéri* DE *ses parents; les méchants sont détestés* DE *tout le monde, etc.* »

« Est-il question, au contraire, non d'une passion, d'un sentiment, mais d'une action à laquelle l'esprit ou le corps a seul part, faites usage de la préposition *par : Le premier roman français en lettres a été composé* PAR *Mme de Grafigny; Henri IV fut assassiné* PAR *un fanatique, etc.* »

Il s'en faut bien que cette règle soit toujours observée par les écrivains, tant poètes que prosateurs, car si l'on peut citer beaucoup d'exemples à l'appui, les exemples contraires ne manquent pas non plus; en sorte que ce n'est guère que l'usage qui puisse ici faire loi. On s'en convaincra par les citations suivantes :

On n'est *méprisé* PAR *les autres*, que lorsqu'on a commencé par se mépriser soi-même.   (Pensée de SÉNÈQUE.)

Dieu et les rois sont mal *loués* et mal *servis* PAR *les ignorants.*   (VOLTAIRE.)

Si vous avez été *offensé* PAR *un lâche*, soyez sûr qu'il voudra éternellement votre perte.   (DE LÉVIS.)

La flatterie grossière offense un homme délicat au lieu de lui plaire, et elle est ordinairement *punie* PAR *le mépris.*

(FONTENELLE.)

Vaincu DU *pouvoir* de vos charmes.

(RACINE.)

Et D'*un sceptre* de fer veut être *gouverné.*

(ID.)

Je suis *vaincu* DU *temps*, je cède à ses outrages.

(MALHERBE.)

Je sais qu'il m'appartient, ce trône où tu te sieds,

Que c'est à moi d'y voir tout le monde à mes pieds;

Mais comme il est encor teint du sang de mon père,

S'il n'est *lavé* DU *tien*, il ne saurait me plaire.

(CORNEILLE.)

Suivant la règle de MM. Noël et Chapsal, il aurait fallu *de* dans les exemples de la première colonne, et *par* dans ceux de la seconde.

Voltaire qui a blâmé Corneille pour avoir dit *lavé du tien,* a commis la même faute, dans ces vers de Mérope :

Quelle est donc cette tombe en ces lieux élevée,

Que j'ai vue DE *vos pleurs* en ce moment *lavée* ?

Les auteurs de la *Réfutation* ont donc eu tort de reproduire la règle de MM. Noël et Chapsal.

(Page **143**, n° **501**.) Parmi les exemples cités dans ce n°, les anciennes éditions portaient celui-ci : *les anciens philosophes ne savaient pas que la terre* TOURNE. Et *tourne* était regardé comme un subjonctif par MM. Noël et Chapsal. C'est d'après la critique qui a été faite dans l'*Echo des écoles primaires* que cet exemple a été remplacé dans la dernière édition par celui-ci : *Dieu nous a donné la raison afin que nous* DICERNIONS (sic) *le bien d'avec le mal.*

Il faut *discernions.* Nous renvoyons pour cette dernière orthographe MM. Noël et Chapsal à leur dictionnaire.

CHAPITRE X.

DE L'ADVERBE.

(Page **160**, n°**556**.) « *De suite* signifie successivement, sans
» interruption : *Pygmalion ne coucha jamais deux nuits*
» DE SUITE *dans la même chambre*, etc.

« *Tout de suite* signifie incontinent, aussitôt, sur-le-champ:
» *Il vole* TOUT DE SUITE *au camp des troupes*. »

Cependant, disent les auteurs de la *Grammaire nationale*,
il ne faut pas toujours s'attacher à cette distinction répétée
dans toutes les grammaires et dans tous les dictionnaires, car
de suite et *tout de suite* ne diffèrent que par le mot *tout*, qui
rend la pensée plus vive, plus énergique. Ces deux expressions signifient *successivement, sans interruption*, et peuvent être employées l'une pour l'autre. Essayons de le prouver par le raisonnement : 1° Si quelqu'un dit : *allez-y* DE
SUITE ou TOUT DE SUITE, il fait entendre par l'une et l'autre
façon de s'exprimer qu'il veut que son ordre soit exécuté
immédiatement après l'acte de la parole, c'est-à-dire sans
interruption de temps, et, dans ce cas, les deux locutions
sont également bonnes ; 2° s'il dit : j'ai fait vingt lieues *de
suite* ou *tout de suite*, il énonce qu'il a parcouru vingt lieues
successivement, sans s'arrêter, et ces deux manières de parler sont encore correctes. Au reste, voici quelques exemples
qui viennent corroborer notre opinion :

Tout de suite pour *de suite.*

Il but trois rasades *tout de suite*. (PLANCHE.)
Il a couru vingt postes *tout de suite*. (ID.)

Il a fait trois courses de bague *tout de suite*. (ACADÉMIE.)

De suite pour *tout de suite*.

Nous devons démentir les vols qu'on annonce avoir été faits au général ; il est vrai qu'on n'a pas retrouvé *de suite* ses effets, mais rien n'a été perdu. (JOURNAL DE PARIS.)

Maintenant il est essentiel de dérouler *de suite* le tableau des mœurs depuis Henri II jusqu'à Henri IV.

(CHATEAUBRIAND.)

Avant de terminer, nous ne passerons pas sous silence l'analyse que donne M. Lemare des locutions *de suite* et *tout de suite*. Selon ce grammairien, *faites-les marcher* DE SUITE, c'est *faites-les marcher* AYANT EU LA SUITE ; *il a couru trois postes* TOUT DE SUITE, c'est-à-dire *il a couru trois postes* AYANT EU ENTIÈREMENT LA SUITE. Et M. Lemare appèle cela de l'analyse! *Risum teneatis.*

CHAPITRE XVIII.

LOCUTIONS VICIEUSES.

(Page 195, n° 712.) « Ne dites pas : *une heure de temps*. »
D'abord, dit M. Dessiaux, nous conviendrons que *heure de temps* est un pléonasme du style familier, mais voilà tout. La Fontaine l'a employé dans la fable du *Jardinier et son Seigneur* :

> Et les chiens et les gens
> Firent plus de dégât en *une heure de temps*, etc.

Les Italiens ne le disent-ils pas comme nous? *Due ore abbiamo di tempo.* (Gold., *Pamela*, II, 2.) *Nous avons deux heures de temps.* Pourquoi condamner cette expression sans motif? Les Latins disaient aussi : *hora, momentum, annus temporis* :

Ea autem rogo.... ANNUM *mihi* TEMPORIS *des* (Corn. Nép., *Thémist.*) *Je vous demande.... que vous m'accordiez* UNE ANNÉE DE TEMPS.

Nous n'admettons pas tous ces pléonasmes ; c'est un droit de l'usage.

Les deux MOIS DE TEMPS *que nous avons si bien employés.* (Bescher, *Théor. du participe*, p. 158, 4ᵉ édit.)

La société grammaticale de Paris a sanctionné, par son approbation, les expressions suivantes : *une heure de temps, deux lieues de chemin*, etc.

FIN.

Lettre à mon Confrère

M. F. NOËL, Inspecteur de l'Université.

Paris, le 20 avril 1838.

MON CHER COLLÈGUE,

EN examinant le train des affaires de la vie, je regrette sincèrement de ne savoir ni rire ni pleurer ; si je pleure, on dit que mes yeux n'ont pas une source pure et intarissable comme ceux d'Héraclite ; si je ris, on m'accuse de n'avoir pas la bouche travaillée par les Grâces comme les La Fontaine et les Scarron. Que faire! faut-il pour cela que j'étouffe en moi les émotions inséparables des faits qui les produisent? Faut-il que mon attitude soit calme et froide, froide comme la tombe sans voix, quand des frémissements électriques, d'où naît l'enthousiasme, ont remué l'âme de ceux qui voient et entendent ce que moi-même j'ai vu et entendu? Faut-il que, la figure dans les mains, je demeure couché, la face contre terre, pour dérober à la critique mordante du public les traits peu agréables qui rendent si imparfaitement ce qui se passe au dedans de moi? Faut-il enfin que je me condamne à demeurer dans un état de repos, d'insouciance, exactement semblable à celui où les Stoïciens plaçaient la divinité? Non certes, je n'en ferai rien, rien du tout, me regardera qui voudra ; je veux agir librement sur le sol de la liberté, je veux entrer dans le tournoi que mes confrères appellent l'Echo : je rappellerai à ceux qui feront la grimace que les Grâces accompagnent bien rarement l'envie de rire ou de pleurer, je prierai les Aristarques mordants, s'il en est, de songer qu'ils trouvent eux-mêmes qui les morde grièvement. Quant aux vrais Scarrons, je les prierai d'être indulgents pour ceux qui n'ont pas l'honneur d'être culs-de-jatte, goutteux et bons rieurs.

Mais, me direz-vous, agréable ou non, de quoi voulez-vous rire ou pleurer? Belle demande! vos oreilles ne sont-elles pas ouvertes à l'Echo des Ecoles primaires? Ignorez-vous les rudes combats qui se livrent par-dessus les têtes académiques? Les vainqueurs se sont couverts d'une gloire dont l'auréole frappe tous les regards; les vaincus subissent tant d'échecs, tous désastreux, qu'on ne peut plus les compter un à un. Entendez-moi jusqu'au bout, puis nous mêlerons ensemble une larme aux larmes de ceux qui gémissent sous les tristes cyprès, tout en partageant la joie du triomphe de ceux avec lesquels nous sympathisons pour les intérêts de la raison.

Je n'ai pas dessein de me livrer au détail des défaites qui ont précédé le coup décisif dont je vous donnerai bientôt le récit. Une lettre, une petite lettre, n'est pas un livre d'histoire. Le bon sens, défendu par la nouvelle école, a confié ses intérêts à la valeur de quelques hommes pourvus d'une dose d'intelligence assez forte pour opérer le désillusionnement du public, pour briser les liens qui enchaînent les esprits à la déraison, pour réédifier les principes en ruines.

La routine qui ne sort pas de son cercle, et qui marche à pas comptés comme le mouvement d'une antique pendule, a confié les siens aux partisans de la vieille école, êtres sans passion pour l'avenir et qui ont le commun mérite de suivre la pente sur laquelle ils ont été lancés.

Dans la liste immense de ces partisans figurent des noms capables de réveiller dans le monde des idées de probité parmi une foule d'autres idées de démérite.

L'Echo du 1er avril rapproche et cite ces noms dans l'en-

tretien dialogique de franc-parleur avec son cher compila-
teur M. Boniface et autres *trafiquants d'erreurs et de men-
songes* (page 53). .

Les chefs de la nouvelle école, après avoir convaincu la
tourbe grammatiste d'ignorance, la fait sauter en public et
dans toutes les écoles au bruit des persifflages les plus aigus.
Un d'entre eux fut élevé jadis bien haut sur l'échelle de la
renommée; mais ses aggresseurs le font dégringoler des
nues sans que les auteurs de son élévation s'y opposent, et
voilà que sa gloire est démolie pièce par pièce comme un
habit qu'on ne veut plus porter et dont le ciseau détache les
meilleures parties pour les faire servir de doublure. On dirait que ces hommes, philantropes cependant, ignorent qu'il
faut être miséricordieux pour obtenir un jour miséricorde,
et qu'il fut dit par une bouche divine que Bienheureux sont
les pauvres d'esprit, ils ne l'ont pas même excusé en con-
sidération de sa médiocrité émérite, ni de sa complexion
nébuleuse due sans doute à l'époque où il s'est placé sur le
terrain de l'art de parler et d'écrire correctement en français. Chacun sait que la neige et la brume étendent éternellement sur *Noël* un voile de mélancolie et de ténèbres; ses
agresseurs donc, à force de médire de lui systématiquement,
l'ont enfin brouillé avec tout le monde, voire même avec les
adjectifs qualificatifs. Un duel eut lieu entre cet infortuné
champion et l'un de ses adversaires, au temps où les étrennes
s'associent aux vœux; Noël, le peureux Noël était disparu
depuis six jours pour n'en être pas le témoin. Le téméraire
grammatiste fut battu et laissé sur place. Au rapport des
plus habiles docteurs, des plaies contuses, qui existaient
sur sa poitrine et à la région temporale gauche, faisaient
croire qu'il avait reçu douze coups tous également dangereux. Il n'en mourut pas, il fut mis à la diète et il ne put se
dispenser de boire jusqu'à la lie, pour tout calmant cordial
et stomachique, une potion *évacuante* purgative dans la-

quelle on avait fait infuser douze fleurs appelées Etrennes grammaticales ; mais le malheureux n'a survécu que pour voir savonner la corde qui doit l'étrangler. On le voit aujourd'hui boîteux, blême et la face meurtrie ; sa physionomie grammaticale n'a plus rien des traits qu'on lui voyait au temps de ses ovations ; dans ses excursions, car il en fait encore, s'il frappe à la porte de quelqu'un, on lui dit : Monsieur Noël, il fait trop froid pour que je vous entende, entrez chez l'épicier que voilà, au coin de la rue des Fruitiers, et la porte est aussitôt poétiquement fermée ; et personne ne dépose un sou dans le casque de Bélizaire.... hélas!...... hélas!...... hélas!...... *per tota secula!*... Ainsi soit-il !...

Pauvre confrère, assurément vous avez eu tort de sympathiser avec Noël ; sa température ne convenait pas au froid naturel de votre âme et de votre esprit, vous ne pouviez en tirer qu'une chaleur factice excitée par le charbon, propre à vous asphyxier ; heureux si vous n'en eussiez pas tant allumé à la fois, heureux encore si vous n'eussiez pas eu tant de célébrité ! un si grand poids ne serait pas venu écraser la petitesse de votre jugement. Ainsi l'homme s'agite et le ciel le conduit.

Vous mourrez, pauvre collègue, et Noël laissera s'échapper sur votre tombe les fleurs qu'il voit s'éclore dans nos jardins ; c'est le plus bel hommage qui puisse être rendu à l'innocence de votre esprit.

Justice se fait tôt ou tard, elle a ses secrets pour retarder ou pour hâter ses coups.

Dans tous les conflits il y a des torts, je trouve ici un certain plaisir à l'avouer. Franc-parleur, juge impartial, huitantogénaire respectable (pardonnez-moi le langage de M. *mal* Peigné), se montre par fois trop vif et trop chaleureux pour les intérêts de la raison qu'il veut faire prévaloir.

Un Donquichotte de l'école agonisante, le chantre de l'alphabet, était cité à comparaître devant son tribunal pour se justifier des blasphêmes émis dans son poëme prosaïque contre la sainteté des progrès et du bon sens. Le vieux juge, cédant au premier mouvement de son indignation., sans laisser au coupable le temps d'élaborer sa défense, le jeta d'un coup de **P**ied par la **F**enêtre, sur le **Q** de Rossinante, ne lui donnant pas même le temps de vider sa **G**ourde ni de laver le **K** qui était après son **E**. Il l'a fait promener dans cet état, chez tous les peuples civilisés, par le temps le plus froid, lorsque le thermomètre de l'ingénieur Chevalier, si l'on s'en souvient, indiquait 15 degrés 9/10e au-dessous de 0... N'est-ce pas là un vandalisme contraire au droit des gens? Il n'appartient qu'à des cœurs barbares d'applaudir de tels actes, et en France chacun en rit comme d'une petite farce de Franc-parleur. Oh! je n'y tiens plus, les malheureux, ne craignent-ils pas de ranimer l'ardeur de tant d'âmes au désespoir!...

Voilà, mon confrère, quelques traits des attaques en détail dirigées depuis un an contre les prosélytes de l'Ecole-modèle-patriarcale; les voilà devenus impuissants, impotents, goutteux, malingres, décrépits, et vogue la galère, ils appartiennent à je ne sais quel maître, si ce n'est au diable ou au néant; ce n'est pas aux hommes qui les répudient, ce n'est pas à Dieu qui les a abandonnés, ouf!. .. hélas!.... hélas!.... hélas!.... *deposuit potentes de sede!* Ainsi soit-il, ainsi soit-il!

Mais, où iront-ils? où tourneront-ils? ah!... je ne sais pas... on parle de les expédier par la vapeur dans les domaines de notre allié Abd-el-Kader pour grammatiser nos jeunes alliés les Bédouins, et leur apprendre grammaticalement à ramer les choux.

J'ai promis de vous narrer une débacle improvisée qui aura certes grand retentissement; ce n'est pas le combat des géants contre le père de l'Olympe, c'est autre chose que je ne saurais nommer... pourtant c'est un combat, mais je ne sais où trouver son exemple. Il me semble voir les Horaces et les Curiaces combattant pour l'honneur de planter dans leur mère-patrie l'étendard de la puissance, et, laissez passer cette vérité, le dernier de nos Horaces vient de percer de son glaive le dernier des Curiaces.

Rome triomphait jadis par des armes de fer; aujourd'hui la nouvelle École triomphe par celles du bon sens.

Cela me rappelle encore la guerre des Grecs contre les Troyens, guerre de dix ans qui réduisit Ilion en cendres, qui précipita aux enfers l'âme forte de tant de héros et qui causa tant de maux au plus pieux des hommes.

Mais vous plaisantez, me direz-vous, venir me déchirer les oreilles par le cliquetis des armes d'Albe et de Rome! m'effrayer par le retentissant écroulement des remparts d'une nouvelle Ilion quand tout est en paix, cela n'est pas raisonnable! Quel rêve donc est le vôtre? Oui, confrère, oui, une autre Ilion en France, l'Ilion grammatiste que vous appellerez Chapsolambule, Bonifaciétique, Landaisistique, Peignée, Erronée, Somnambule, comme vous voudrez.

Orgueilleuse Ilion, tes tours menaçaient la Grèce entière, et c'est d'elles que devaient partir les flammes dont tu es devenue la proie. La mort a étendu son voile de suaire sur ta superbe citadelle. Tes docteurs et tes prêtres ont été immolés aux pieds des autels qu'ils avaient élevés à l'épouse de l'Achéron, aux habits éternellement noirs; nous avons entendu leurs cris de mourants, et le profond silence qui les a suivis nous a effrayés. Ce n'est plus maintenant que l'on peut dire :

> Là je vis l'ombre d'un cocher
> Qui, tenant l'ombre d'une brosse,
> En frottait l'ombre d'un carrosse.

L'Echo, c'est véritablement le camp des Grecs, où tous

les volontaires sont appelés pour combattre en faveur du bon sens.

L'Echo retentit ailleurs qué dans les antres sauvages ; sa divinité, le bon sens, est terrible pour les Troyens.

> Junon, déesse acariâtre
> Autant et plus qu'une marâtre,
> Leur fait passer de mauvais jours
> Et leur fait force vilains tours.

Les Troyens, trompés par la supercherie et par les larmes feintes du traître Sinon, démantelèrent une partie des murs de leur ville pour y introduire le cheval consacré à Pallas, funeste machine qui portait dans son sein un bataillon armé du glaive de la mort. Les Grecs-français, hommes de sens, n'ont pas de Sinon ; l'expérience, autant que la valeur, leur a suggéré un moyen bien différent pour entrer dans les murs de l'Ilion grammatiste.

O Ilion, ô palais de Priam, ô murs célèbres par votre hauteur et par votre épaisseur prodigieuse! qui eût dit que vous n'étiez que de carton! Des hommes, ambitieux de renommée, vous apportaient chaque jour le tribut du pénible enfantement de leur esprit, et vous paraissiez si forts que tout homme vous disait inexpugnables. Infortunés Troyens! Cassandre vous prédisait vos malheurs ; il vous ordonnait de vous garder de l'incendie : « Assez, assez! criait-il depuis long-temps, voilà trop de combustibles et l'aridité est grande, arrosez, arrosez ces murs! » Que ne l'écoutiez-vous, insensés!...

Trojaque nunc stares, Priamique arx alta maneres.

O Troyes, tu existerais encore, et toi, superbe palais de Priam, tu serais aussi debout.

Mais Apollon vous faisait mépriser les prédictions les plus sages.

Depuis long-temps on entendait de toutes parts un bruit sourd, vague et indéfinissable, comme celui de beaucoup d'os de morts frappés les uns contre les autres, et comme les gémissements des tristes oiseaux qui habitent les cavernes. Les intelligences invoquaient les lumières, et leur astre se levait péniblement, enveloppé d'épais nuages qui l'obscurcissaient dans sa course, comme le soleil lorsqu'il est dérobé à la terre à l'approche d'une tempête ; rarement il se débarrassait, à son couchant, de sa ténébreuse enveloppe, et la joie n'était rendue aux cœurs que pour un instant. Les nuits étaient obscures comme le vide d'un tombeau que recouvre le marbre sépulcral. On entendait de toutes parts des voix criant : maudites soient les tentes de la nuit qui sont déroulées sur la terre ! maudite soit la nuit ! béni soit le jour !

Et l'écho céleste répondait : béni soit le jour !

Il s'est enfin fait un bruit de terreur, comme celui de deux peuples qui se détruisent et qui se poussent dans les bras de la mort. Un voile obscur, qui n'avait aucun point lumineux, couvrait le lieu où s'engageait la lutte mortelle ; bientôt une flamme épaisse et jaunâtre en sortit comme d'un affreux incendie ; un silence profond vint bientôt succéder à l'effrayant vacarme que l'on venait d'entendre, et mille voix redirent : béni soit le jour !

C'était le cri des vainqueurs, et le soleil aussitôt blanchit l'horizon comme au jour où il est sorti des mains du créateur.

Telle fut, cher confrère, l'issue de la guerre de l'Ilion grammatiste à l'avantage du bon sens, guerre également mémorable par le désespoir des vaincus et par le mérite des assaillants.

Mais je vous entends me demander quel était le nombre des troupes grecques, comment elles sont entrées dans

Troye, qu'est-ce qu'est devenu Enéas et les Enéadiens après l'embrasement des murs de carton?

Une légion grecque, montée en un aérostat, a franchi l'espace sous la conduite de l'inventeur de la machine ; on lisait sur son étendard :

LUMIÈRES, MORT A LA ROUTINE!

RÉFUTATION COMPLÈTE DE LA GRAMMAIRE

DE MM. NOEL ET CHAPSAL.

Les Grecs sont descendus au milieu de Troye, à l'heure où les Troyens dormaient profondément ; ils ont livré à la flamme la ville combustible et répandu partout la terreur. Les Troyens éveillés, mis en fuite, suffoqués par une épaisse fumée, n'ont pu ni recourir aux armes, ni empêcher l'embrasement de leur ville. Les uns se sont rendus à la discrétion des vainqueurs, les autres ont cherché leur salut dans la fuite. Quant à Enéas, il a suivi les avis d'Hector qui lui était apparu en songe ; laissons parler M. Scarron, son récit est exact :

> J'en étais à mon premier somme,
> C'est à cette heure justement
> Que chacun dort profondément.
> Je gisais de la même sorte
> Que fait une personne morte,
> Et j'eusse pu faire trembler
> Quiconque m'eût ouï ronfler,
> Non que j'eusse bu plus que d'autres
> En ce grand désordre des nôtres ;
> Mon père Anchise, sur ma foi,
> Achates, mon épouse et moi,
> N'avions en toute la soirée
> Bu que pinte bien mesurée,
> Et dont je ne bus quasi pas,
> Parce que le vin était bas.

Dormant donc ainsi dans ma chambre,
Hélas ! j'en tremble en chaque membre,
Il me sembla de voir Hector,
Et je pense le voir encor.
O Dieu ! la piteuse figure !
Qu'il était de mauvais augure !
O Dieu ! qu'il me parut hideux !
Il était fait comme des œufs ;
Sa cotte-d'arme délabrée,
De poudre et de sang était marbrée.

. . . .

Enfin, il était tout de même
Qu'il était, quand, sanglant et blème,
Achille, après l'avoir vaincu,
Le traînait à l'écorche-cu.
Ses pauvres pieds traînaient encore
La longe de cuir que ce Maure,
Ce Turc, ce Félon des Félons,
Avait passé dans ses talons.
Hélas ! qu'il était peu semblable,
Cet Hector tout épouvantable,
A cet Hector tout éclatant
Que les Grégeois allaient battant.

. . . .

Sitôt que je le vis ainsi,
Je fus d'abord un peu transi ;
Mais reprenant bientôt courage,
Je lui tins ce hardi langage :
Si vous êtes de Dieu, parlez,
Et si du diable, détalez.
Je suis Hector le misérable,
Dit-il d'une voix effroyable.
Vous, soyez le très-bien venu,
Lui dis-je après l'avoir connu.
Et puis j'ajoutai, ce me semble,

Cependant qu'ici chacun tremble :
Mon cher Monsieur, en quelle part,
Vous qui nous serviez de rempart,
Avez-vous bien loin de l'armée
Fait tort à votre renommée?
Sans doute l'on en médira.
Est-ce la peur des *Libera*,
Et des fréquentes funérailles,
Qui vous fait quitter nos murailles?
Au nom de Dieu, songez à vous,
Et ne craignez plus tant les coups,
Et me dites, cher camarade,
D'où vous venez aussi maussade?
Comme un corps qui pend au gibet,
Et tout crotté comme un barbet;
A votre mine tout étrange,
Vous paraissez un mauvais ange.
Je hais la fréquentation
De ceux de votre nation :
C'est pourquoi dépêchez, beau sire,
Ce que vous avez à me dire,
Autrement je m'en vais crier,
Car je commence à m'effrayer;
Lors, me semble, il ouvrit la bouche,
Et me regardant d'un œil louche,
Il me dit : trêve de sermon,
Vous vous échauffez le poumon,
Ne songez plus qu'à faire gille,
Les ennemis sont dans la ville,
Qui font les diables déchaînés;
Ils sont très-mal moriginés,
Et j'estime d'eux le plus sage,
Plus malin qu'un singe ou qu'un page;
Si vous m'aimez, fils de Vénus,
Gagnez aux champs, fût-ce pieds-nus.

. . . .

Priam, Troye et toute sa gloire
Ne seront plus que dans l'histoire,
Et notre ville tout de bon
Ne sera plus que du charbon.
Ses dieux elle vous recommande ;
Assemblez une bonne bande,
De nos citoyens échappez,
Et, sans marchander, escampez.
Nous avons assez fait pour elle,
Puisque la sentence mortelle
Du destin ne se peut casser,
Il faut bien la laisser passer.
Gagnez-moi vite la marine,
Votre papa sur votre échine,
Et nos pauvres dieux exilés
Dans quelque valise emballés.
Guidez vos vaisseaux vers la terre,
Où d'abord vous ferez la guerre (*à Constantine*),
Et d'où vos enfants la feront
Aux chiens de Grecs. . . . . . .

. . . .

. . . .

Un grand bruit qui survint ensuite mit Hector et mon songe en fuite.

Recevez, etc. J.-B. COTTE, Instituteur, à Paris.

9 782019 232153